PICCOLA BIBLIOTECA ADELPHI

249

DELLA STESSA AUTRICE:

Dove non si parla d'amore
Il corsivo è mio
Il lacchè e la puttana
Il quaderno nero
La sovrana
Le feste di Billancourt
Storia della baronessa Budberg

Nina Berberova

IL GIUNCO MORMORANTE

ADELPHI EDIZIONI

TITOLO ORIGINALE:
Mysljaščij trostnik

Traduzione di Donatella Sant'Elia

Prima edizione: maggio 1990
Sedicesima edizione: aprile 2006

WWW.ADELPHI.IT

ISBN 88-459-0760-0

IL GIUNCO MORMORANTE

Est in arundineis
modulatio musica ripis

È armonia nelle onde marine,
nelle furiose dispute degli elementi.
Melodiosa musica, il fruscio
scorre tra i fluttuanti giunchi.

In tutto è un ordine inviolabile,
e piena consonanza è nel creato;
solo nell'illusoria libertà
ci sentiamo divisi da natura.

Di dove, come è nata la discordia?
Perché nel coro universale l'anima
non canta come il mare, e il giunco
pensante mormora, protesta?

E dalla terra alle estreme stelle
non ha risposta fino ad oggi
il clamore della voce nel deserto,
il lamento dell'anima braccata?

FËDOR TJUTČEV, 1865

1

Nella vita di ognuno esistono momenti – quando la porta sbattuta all'improvviso e senza alcun visibile motivo di colpo si riapre, quando lo spioncino chiuso un attimo fa viene di nuovo aperto, quando un brusco « no » che sembrava irrevocabile si muta in « forse » –, momenti in cui il mondo intorno a noi si trasfigura, e noi stessi ci riempiamo di speranza come di nuovo sangue. È stata concessa una proroga a qualcosa di ineluttabile, definitivo; il verdetto del giudice, del dottore, del console, è stato rinviato. Una voce ci avverte che non tutto è perduto. E con gambe tremanti e lacrime di gratitudine passiamo nel locale adiacente, dove ci pregano di « aspettare un poco » prima di spingerci nel baratro.

Così accadde anche a me quella sera, quando accanto a Ejnar facevo la fila aspettando l'autobus che avrebbe portato all'aeroporto Le Bourget i passeggeri in partenza per Stoccolma. Lui partiva, io restavo. Tra la folla, nel buio crocevia parigino (era il 2 settembre 1939), alle nove di sera, non c'erano altri accompa-

gnatori oltre me – li avevano fatti restare tutti nella sala con le nere tende già tirate. C'erano stati addii, abbracci, persino lacrime e, come sempre avviene, lo staccarsi di mani infantili da maniche, tasche. Ero uscita con Ejnar dalla porta girevole quasi macchinalmente. In una mano lui aveva una cartella gonfia, nell'altra un nécessaire di cuoio. Sul braccio destro portava un cappotto. La mia mano stringeva le sue dita sotto quel cappotto, sfiorando la fredda serratura del nécessaire. Di tanto in tanto Ejnar mi lanciava un'occhiata. Nella penombra il suo viso pareva estraneo, stanco, turbato, erano scomparsi quei duri contorni degli zigomi e del mento che io tanto amavo, negli occhi c'era inquietudine, la bocca era semiaperta. « È brutto » pensai, mentre sentivo che le lacrime stavano per sgorgarmi dagli occhi e non avrei avuto abbastanza voce per dirgli: « Non sapevo che fossi così brutto ». Con in mano il biglietto e il passaporto, i passeggeri salivano sull'autobus. Ejnar si passò il cappotto sul braccio sinistro, io ritirai la mano per afferrare il nécessaire. Tese i documenti.
« E voi? ». Tacevo, avevo paura della mia voce: chiunque, guardandomi, avrebbe capito che non partivo per Stoccolma.
« Volete fare un giro fino a Le Bour-

get? » mi chiese un impiegato in uniforme.
« Io... ».
« Salite, non trattenete gli altri ».
Ancora oggi non riesco a credere a queste parole. Possibile che una cosa simile sia realmente accaduta? E perché proprio a me? Io non avevo chiesto nulla, e del resto a chi poteva venire in mente di chiedere una cosa del genere a un funzionario? Mi arrampicai sull'autobus e senza parlare (Ejnar avanti, io dietro di lui) andammo verso gli ultimi posti sul fondo e ci sedemmo. Mi passò un braccio intorno alle spalle, io rimasi immobile, addossata alla sua spalla, al suo petto: il petto largo e tranquillo in cui batteva il cuore di Ejnar, che io avevo a lungo ascoltato durante le mie ultime notti insonni.
L'autobus si riempì lentamente; dal finestrino si vedeva l'andirivieni dei facchini che caricavano i bagagli sul tetto. Sopra le nostre teste risuonavano i loro passi, un tipo bruno corse verso un finestrino, chiese qualcosa, e dall'autobus una voce gli rispose in svedese. Uno col berretto bianco, l'autista, passò per il corridoio e contò sulle dita i presenti, saltando me. Misero in moto, la porta sbatté. Alcune persone corsero fuori dalla sala d'attesa agitando i fazzoletti, e lentamente l'auto-

bus si mosse. Mi strinsi ancora più forte a Ejnar. «Adesso sei brutto» riuscii finalmente a dire, e all'improvviso mi venne voglia di ridere. Probabilmente lui pensò che piangessi e mi passò un dito sulle palpebre. Gli presi la mano e la serrai contro le mie labbra. Quei minuti mi erano stati regalati! mi era stata concessa una proroga! Un'ora soltanto, ma come sempre in quei momenti mi parve molto.

La buia Parigi, la morta Parigi, quella notte era verde scuro e non nera; la città, e il cielo sopra la città, e il fiume, e quello che c'era all'interno dell'autobus, tutto era verde scuro, color bottiglia: i nostri volti, e quelli degli altri passeggeri, e il Grand Palais davanti al quale passavamo in quel momento, erano tinti di un unico colore, uno spesso vetro scuro ci aveva imprigionato – lui, me, la città. Quelle strade che entrambi conoscevamo così bene e che adesso ci correvano accanto appartenevano allo strano mondo verde scuro in cui io ed Ejnar eravamo insieme; e a questo punto fu chiaro che non ci eravamo detti molte cose nella fretta degli ultimi giorni, di quell'ultimo giorno in particolare; tanti discorsi erano rimasti in sospeso: su noi due e sul mondo, sulla guerra e sul futuro, quello del mondo e il nostro, e in generale era come se noi due non avessimo ancora cominciato nulla, mi parve che io e lui non avessimo e non avessimo mai avuto alcun passato, e del futuro non aveva neanche senso parlare – fantasmi davanti, fantasmi alle spalle, noi due stessi fantasmi, e tutto, intorno, è illusorio, e l'unica cosa reale è questa forza che ci separa: adesso sei qui, con me, adesso siamo insieme, e tra un'ora – tu non sei qui, tu sei solo, e io sono sola, e non c'è assolutamente più nulla di quanto ci univa, tranne forse il tuo pensare a me, il mio a te.

« Tu e Parigi » diceva Ejnar, ma io non ascoltavo quello che stava dicendo. « Promettimi... ». Di cosa sta parlando? Sa che gli prometterò qualunque cosa mi chiederà. Forse anch'io dovrei dirgli: promettimi. Ma c'è ancora tempo. Più tardi.

« Parigi, e tu, e tutto ciò che è stato » e di nuovo diceva qualcosa che la mia ragione non riusciva a comprendere, pur sapendo che doveva sforzarsi, che non ci sarebbe stata un'altra occasione – né domani, né dopodomani, forse neppure tra un anno. Più in là il mio sguardo non arrivava. La bottiglia di spesso vetro verde scuro in cui io ero finita (e da cui lui stava per uscire) non si sarebbe rotta così presto, sarebbero venuti i giorni dell'autunno e dell'inverno, le nere notti di guerra, e in essi sarei stata sola. « ...e in continuo pericolo, » diceva Ejnar, quasi leggendo nei miei pensieri, come sempre « e continuamente privata dello stretto necessario; promettimi... ». E io, continuando a tenere la sua mano sulle labbra, sussurrai: « Ma certo ». Ricordo che prima, molti anni prima, guardavo Parigi come da lontano, con un senso di distacco e freddezza: « quanta storia in questa città! » pensavo, oppure « quanta bellezza! » oppure « quanta natura! » (quanto cielo, uccelli, fiori). O ancora: « quanti monumenti e libri, e tombe e lapidi di marmo: "qui è vissuto il tale" ». Ma adesso guardavo gli alberi del lungosenna che mi volavano incontro e pensavo: « quanta sofferenza, qui, e quanta ce ne sarà ancora, non solo sofferenza in genere, ma sofferenza russa, quella nel cui alveo anch'io oggi mi trovo – da Turgenev che soffriva in un appartamento di rue Douai, e Dostoevskij che pativa in un albergo di boulevard Saint-Michel, attraverso l'ormai dimenticato autore dei versi sul fiume che forma la curva più sinuosa, che qui si suicidò ancor prima dell' "altra" guerra (una volta ho visto la sua tomba, la lapide è intatta, ma un cespuglio di rose selvatiche l'ha completamente ricoperta), attraverso il pittore smarritosi nelle capitali europee (qualcuno di voi ne ricorda ancora il nome?) che arrivò qui e si fermò, e diceva: "ti maledico, ma resto", e poi inghiottì dei sonniferi, e, come talvolta accade, non gli fecero la lavanda gastrica – fino a me, alla mia piccolissima e grandissima sofferenza mentre l'autobus sale verso l'Opéra».

«C'è una salita, la senti?» disse Ejnar. «Non me ne ero mai accorto, eppure conosco bene questi posti!».

Tutto era morto. E solo ieri sera qui tutto rumoreggiava e sfavillava di luci, e la tenebra verde scuro era ancora una novità per le strade, gli edifici, il cielo e il selciato che per tanti anni avevo creduto colorati di lilla e malva.

«Tutto è diverso oggi,» disse di nuovo, pianissimo «ti guardo, guardo dal finestrino, e non credo, capisci, non riesco a credere che tutto questo stia per finire».

Mi guardò negli occhi e chiese sorridendo:

«Che poesia c'è sull'argomento?».

Mi prendeva in giro: diceva che in russo c'è immancabilmente una poesia per ogni caso della vita.

«Una ce n'è già stata» dissi «quando l'autobus è partito. Ma non te la dirò».

«No, devi dirmela!».

«È stato quando ti ho detto che non sapevo quanto fossi brutto».

Non dicemmo più nulla. E la Gare du Nord, verde scuro nel verde scuro del boulevard, restò dietro di noi.

«Quando verrai a Stoccolma...»: era una delle favole che ogni tanto mi raccontava. Un'altra era: quando andremo in Brasile. La terza: quando torneremo in Russia. Non conosceva il russo, non era mai stato in Russia, aveva puro sangue svedese nelle vene, ma suo padre in gioventù aveva vissuto a Pietroburgo, parlava russo, e adesso, vedovo, aveva in casa una *njanja* russa capitata in modo per me assolutamente incomprensibile nella loro famiglia, con tanto di icone e samovar. In una fotografia che conoscevo bene lo si vedeva seduto in poltrona, paralizzato, magro, lungo – somigliava a re Gustavo –, e accanto a lui, un po' più indietro, con un fazzoletto in testa e un grembiule ricamato, c'era la *njanja* russa, una donna corpulenta ma con un piccolo viso grinzoso, una mano sotto il mento, la schiena contro lo stipite della porta.

«Quando verrai a Stoccolma» diceva Ejnar «e passeggerai nel parco reale, in una finestra del palazzo, sulla sinistra, in alto, vedrai un braccio che si muove, come di qualcuno che dirige

un'orchestra: è il nostro re che ricama».
«E quando andremo in Brasile?».
«Quando andremo in Brasile dovremo assolutamente informarci sui giacimenti diamantiferi che appartenevano al padre di mia madre. Un tempo rendevano molto, poi nulla più, e ora saranno completamente ricoperti di erbacce, da un pezzo nessuno ne ha più sentito parlare».
«Sei sicuro che siano in Brasile, e non in Rhodesia?».
«Così ha detto mio fratello».
«E quando torneremo in Russia?».
«In Russia dovremo andarci per la *njanja*. È di Kurgany, un villaggio della *volost'* di Lukin, nel distretto di Ves'egonsk. Bisogna portarcela, a volte soffre di una terribile nostalgia».
«Adesso le *volosti* non esistono più».
«Distretto di Ves'egonsk, governatorato di Tver'».
«E neanche i distretti, diglielo».
«Cosa c'è, allora?».
«Province, regioni, repubbliche».
«Va bene, glielo dirò».
E l'ampia e diritta strada che ci portava fuori città correva sotto le nostre ruote, e anche il tempo correva, incontro e oltre noi.
Nord-est. Già da tempo, non so perché, lo sento come una direzione di sventura,

minacciosa, funesta. Sarebbe ora di capirne il motivo. Un aereo vola a nord-est e sparisce. Nessuna notizia da nord-est. Il nemico arriva da nord-est. Qualcuno è andato a nord-est e non si è più visto. Basta! Ferma i miei pensieri, ti prego, da sola non ci riesco. Parliamo del Brasile, parliamo della Rhodesia. Oppure parliamo della guerra.

« È iniziata stamattina ».

« Soltanto stamattina, possibile? A me sembra che duri già da tanto tempo ».

Le sue mani, le mie – e tutte e quattro si aggrappano una all'altra. Non serve comunque a nulla. Serve soltanto finché stiamo insieme su quest'autobus traballante. Sono rimasti ancora venti minuti, forse diciotto.

Folle di reclute camminavano nel buio; l'autobus le superò inclinandosi fortemente da un lato, così forte che finii con tutto il corpo su quello di Ejnar, e di nuovo ci guardammo.

« Non mi dimenticherai? » chiese ad un tratto.

« Domanda sconveniente, non ti assomiglia ».

« Lo prometti? ».

« Lo prometto. Che cos'altro devo promettere? ».

« Tutto ciò che vuoi. Prendo tutto ».

Mi strinse forte a sé. Non parlammo più.

Dall'autobus non mi lasciarono scendere. Io serrai il mio viso al vetro, come scrivevano un tempo nei romanzi:
« La contessa giaceva semisdraiata sul sofà e il conte serrava la fronte infuocata al freddo vetro... ».
Lampioni azzurri come enormi *veilleuses* nella notte verde scuro. Non sarà un regno sottomarino? Non ci avrà sommersi tutti? Ejnar, posato a terra il nécessaire, mi saluta con la mano – è l'ultimo, tutti sono già entrati nell'ampia porta.
« Ejnar! », corro verso l'uscita per scendere, raggiungere quella porta e gridargli: « Ejnar! Addio! Sii felice sulla terraferma, qui noi stiamo andando a fondo, Ejnar, andiamo a fondo, e annegheremo, e se pure sopravviveremo non saremo più noi, non saremo più gli stessi... ».
Ma la porta dell'autobus è chiusa dall'esterno, hanno fatto finta di non vedermi, e non c'è nessuno intorno. Mi siedo sul primo sedile che capita, di nuovo guardo dal finestrino: niente, nessuno. Finché non arriva l'autista, lo stesso che ha contato i passeggeri sulle dita e saltato me. Non dice nulla, mette in moto, volta con prudenza, traccia un cerchio, e calmi e tranquilli torniamo indietro. Apro il finestrino, rumore di vento fra i capelli, la macchia lontana della città, verde scuro con riflessi color oliva, si fa più vicina.

Un lungo spasmo nel petto, le lacrime mi sgorgano dagli occhi, ma io le fermo, è come se mi fermassi tutta, e sto immobile, e guardo a quanto è successo. Ma la realtà del passato e del presente è tutta deformata, mostruosamente appiattita, nel quadro manca qualcosa, e qualcosa è di troppo. Il vento fruscia nei capelli, ed ecco che già mi corre incontro la torre di guardia, ecco anche l'incrocio di poco fa. Presto sfileranno sotto i miei occhi le stesse strade, gli stessi edifici, presto questo viaggio irreale (a cui nessuno crederà, a cui io stessa non credo) avrà fine. Lo spioncino si richiuderà, la porta sbatterà schiacciando la viva carne di qualcuno, e la vita riprenderà il suo corso come un fiume verde scuro.
E folle di reclute continuano a camminare nel buio.

2

Sette lunghi anni di separazione. Ejnar ha ragione: noi russi abbiamo una poesia per ogni caso della vita. Trascorsero sette anni dalla sera in cui feci ritorno nel grande e silenzioso appartamento di Dmitrij Georgevič – dove vivevo non si sa se a titolo di nipote, segretaria o inquilina – al giorno in cui rividi Ejnar.
Tornata a casa, attraversai le stanze senza far rumore e bussai allo studio di Dmitrij Georgevič. Stava seduto sotto la lampada, le gambe avvolte nel plaid, con la sua vecchia giacca di cammello e la papalina. Allora aveva settantanove anni. « Lui non somiglia a Gustavo di Svezia, somiglia a un imperatore cinese » pensai. Disse che aveva cenato e lavorato, che ora stava leggendo e non aveva bisogno di nulla; io andai nella mia stanza e mi sdraiai senza svestirmi, e rimasi così fino al mattino – senza sonno, senza forze, senza lacrime, con un unico pensiero nella testa: ciò che è stato, ciò che sarà.
Dal giorno in cui aveva sposato la sorella di mia madre – già molto tempo prima

della mia nascita – Dmitrij Georgevič aveva costretto tutta la famiglia della moglie a darsi da fare, e quando venni alla luce io, a casa nostra l'ozio era considerato il più grave dei peccati. Visto che Dmitrij Georgevič scriveva libri, andava ai convegni, teneva lezioni e aveva contatti diretti con molte accademie di tutto il mondo, anche noi tutti dovevamo fare qualcosa di utile. Il mio primo ricordo: ho appena compiuto tre anni, sto al centro della stanza, mi sento schiacciata da un immenso senso di colpa, e mia madre mi domanda con espressione seria: « cosa stai facendo? ».

« Niente ».

« Vai a occuparti di qualcosa. Perdere così inutilmente il tempo! ».

Di tutte quelle persone attive, forti, sane, che non amavano sprecare invano il proprio tempo, eravamo rimasti solo noi due – io e l'imperatore cinese, un uomo mite, tranquillo, taciturno, sempre soddisfatto di tutto, a volte triste, con due paia di occhiali sul naso, il plaid e la papalina, circondato da libri e lampade con l'abat-jour verde, accerchiato da montagne di carte, lettere, traduzioni di opere sue e altrui. Attorno a lui ci sono scatoline con francobolli usati e francobolli nuovi, con mozziconi di matite, con puntine e fermagli; attorno a lui ci sono

cuscini « dei tempi della conquista della Crimea » (non ricordo quale) e taccuini con segnalibri cremisi; su uno è ricamata una scritta, ancora con la vecchia ortografia: « il libro preso va presto reso ».
Il primo anno di guerra, fino alla caduta di Parigi, Ejnar mi scrisse: addirittura che forse sarebbe riuscito a venire in primavera per questioni di lavoro e che « ecco, vedi, tutto si mette per il meglio ». Ma non venne. In primavera precipitarono gli eventi; come prima, e anche più, Dmitrij Georgevič stava seduto in poltrona, avvolto nel suo plaid, e leggeva, come prima parlava piano e solo per dire lo stretto indispensabile; sempre più spesso sonnecchiava oppure restava seduto a occhi chiusi, tenendo posate sulle ginocchia le piccole mani secche: le dita dalle unghie accuratamente tagliate erano deformate dall'artrite, e l'asimmetria delle mani era un suo tratto caratteristico.
Il giorno dell'occupazione di Parigi, mentre l'esercito tedesco la percorreva da nord-est verso sud-ovest, nel nostro appartamento la vita continuava – come del resto continuava in molti altri luoghi della città: qualche cinema era aperto, e la metropolitana non si fermò un solo istante. Fu una strana giornata, difficile da raffigurarsi: l'esercito nemico si im-

padronisce della città, e nel sottosuolo sfrecciano i treni, alla Bibliothèque Nationale c'è chi studia le stampe e noi, Dmitrij Georgevič e io, mangiamo frittata, insalata e formaggio, mentre la domestica in lacrime va avanti e indietro tra la cucina e la sala da pranzo; siamo tutti e due taciturni, ma forse non più di ieri o dell'altro ieri. E l'imperatore cinese, posata la forchetta, si avvicina alla finestra e guarda la strada, i folti alberi del boulevard de Courcelles; sotto uno di quegli alberi un soldato tedesco si è fermato per un bisogno fisiologico.

Fino ad allora avevo lavorato in un giornale, adesso mi ritrovavo con intere giornate di tempo libero. Non sapevo cosa fare finché non licenziai la domestica. Le faccende di casa cominciarono a riempire le mie giornate. Spaventata dal vuoto, mi mettevo a fare il bucato, a ridipingere le pareti dell'ingresso, a ricopiare qualcosa per Dmitrij Georgevič – giusto per non restarmene con le mani in mano. Qualcuno veniva a trovarci: due vecchiette, di sicuro due antiche ammiratrici di Dmitrij Georgevič, e una sua lontana parente, Elena Viken-t'evna, che lavorava duramente nell'atelier di una modista. Chiamava Dmitrij Georgevič «Secolo Diciannovesimo».

« Sta bene il nostro Secolo Diciannovesimo? ».
« Come ve la cavate col Secolo Diciannovesimo? ».
« Il Secolo Diciannovesimo dorme » rispondevo a volte, e lei se ne andava, lasciandoci una torta.
In quattro anni – quattro visite. La prima: un generale, scortato da un giovane aiutante, venuto a « riverire il grand'uomo » e a chiedere se non poteva essergli utile in qualche modo. Dmitrij Georgevič, come era sua abitudine, non disse quasi nulla; io stavo dietro la porta e origliavo. Il generale si offriva di ordinare i libri necessari, di mandare una cassa di viveri, raccomandava un nuovo tipo di scaldino per i piedi. Quando se ne andò, dopo aver rispettosamente salutato e chiesto un autografo, mi stupì il silenzio sceso nella casa. Dmitrij Georgevič era sdraiato in camera sua, voltato verso la parete. Io mi misi a pulire l'argenteria: era l'occupazione di cui avevo bisogno in quel momento. Dalla finestra della cucina si vedevano degli aeroplani che volavano in formazione triangolare, come oche. « Dio, così ci si abbrutisce; » dissi a me stessa « che sia il caso di rileggere qualche buon vecchio libro? ». Non mi passò neanche per la mente di leggere un libro nuovo. « Per esempio *Il para-*

diso riconquistato, o la *Storia dello Stato russo*, o *I viaggi di Gulliver*? ».
La seconda visita – il secondo anno. La mattina, verso le undici, si sentì una scampanellata alla porta d'ingresso, un suono lungo e quasi gaio, come di qualcuno arrivato finalmente a destinazione dopo una corsa. Prima di allora non avevo mai visto il dottor Wengland. Da quarant'anni, ogni volta che andava a Berlino, Dmitrij Georgevič si fermava dal dottor Wengland, il nome del dottor Wengland lo conoscevo fin dall'infanzia. Dai racconti ricordavo che durante l'« altra » guerra il dottor Wengland, con non so quale astuto stratagemma, era riuscito a dare sue notizie a Dmitrij Georgevič attraverso la Danimarca. Il dottor Wengland era parte inscindibile della vita di tutti noi. L'ultima volta si erano incontrati a un congresso a Heidelberg, una decina di anni prima (« all'epoca della prospezione elettrica dei giacimenti petroliferi » avrebbe detto Olners, l'editore svedese di Dmitrij Georgevič). Vecchio, enorme, gioviale, il dottor Wengland si lanciò nell'appartamento, strinse Dmitrij Georgevič in un abbraccio e, asciugandosi le lacrime che gli colavano copiose dagli occhi, soffiandosi rumorosamente il naso, andò nello studio. Le porte si richiusero, tornò il silenzio. Io andai nel-

la mia stanza e lentamente cominciai a strofinare dapprima lo specchio sopra la toilette, poi le finestre dall'interno, e quando anche questo lavoro fu finito uscii fuori e lavai entrambe le finestre cercando di non guardare in basso. E per tutto il tempo mi agitò un pensiero assolutamente legittimo: perché, a pensarci bene, non guardare giù (con tutte le possibili conseguenze), perché, in piedi sul cornicione del quinto piano, temere un capogiro?

Quel giorno pranzai da sola. Il dottor Wengland se ne andò, e Dmitrij Georgevič sedette in salotto accanto al camino che non veniva mai acceso e da cui soffiava il vento; nessuno usava mai quel salotto. Voltate le spalle al resto del mondo, Dmitrij Georgevič si mise a guardare il camino come se ci vedesse scoppiettare il fuoco. Da quel giorno perse all'improvviso ogni interesse per i suoi libri e le sue carte, e più di una volta lo sorpresi davanti alla libreria dell'ingresso, sulle cui mensole c'era tutto quello che all'inizio del nostro secolo era stato portato dalla Russia. Da molto tempo quei libri stavano lì senza che mai nessuno li toccasse.

La terza visita fu brevissima: due bei ragazzi alti e robusti con i galloni sulle maniche, i distintivi sul petto e due piccole ali di ferro sul berretto, girarono per l'appartamento in una svelta e alquanto sommaria perquisizione, diedero appena un'occhiata alla mia stanza, presero due pacchi di lettere inviate a Dmitrij Georgevič da colleghi scienziati, lo scansarono (gli arrivava al petto) quando fece per difendere il cassetto centrale della sua scrivania, che venne tirato fuori tutto e restò penzoloni. Esaminate velocemente la scatolina con le pasticche alla menta, quella con le gomme vecchie e persino quella con i pennini d'acciaio di tutte le forme possibili, ringraziarono, si scusarono brevemente, spiegarono che cercavano armi, e se ne andarono. Quella sera notai che Dmitrij Georgevič era in preda a una profonda angoscia, e restai con lui fino alle undici, gli preparai il letto, gli ripiegai il plaid; quando tornò dal bagno, vidi che aveva la vestaglia aperta, lui che era sempre così accurato, la camicia da notte gli arrivava alle ginocchia, e si vedevano le gambe gialle, magre, coperte di vene e bitorzoli. Mi voltai. Senza prestarmi attenzione, s'infilò sotto le coperte, mise la dentiera nella tazza con l'acqua e spense la luce. Uscii dalla stanza in punta di piedi.

Non potevo più fare il bucato – il sapone scarseggiava; né dare la tinta alle pareti – la vernice costava troppo, e i soldi se ne

andavano tutti per mangiare; non avevo nulla da cucire, e comunque mancava anche il filo: quando dovevo attaccare un bottone o rammendare uno strappo tiravo i fili da qualche vestito vecchio tentando di non spezzarli. Non avevo nulla da fare, non sapevo dove cacciarmi. Avevamo la luce elettrica solo di sera, di notte la toglievano, e vivevamo nella totale oscurità. A volte accendevo una candela, leggevo una mezza paginetta della *Storia della rivolta di Pugačëv*, e subito mettevo da parte il libro.
Nel marzo del '44 ebbe luogo la quarta e ultima visita. Accadde alle sette del mattino. Mi alzai di scatto, svegliata da un forte scampanellio. Era la polizia francese: due agenti in borghese e due guardie come quelle che di solito stanno agli angoli delle strade e dirigono il traffico o rispondono ai passanti che chiedono come raggiungere la tale strada. Erano guardie normalissime – facce rubiconde, spalle larghe – ma fino a quel momento non ne avevo mai viste in un appartamento, come non vi avevo mai visto cavalli o pecore, che appartengono a vie e strade, e non alle stanze. Mi chiesero di svegliare Dmitrij Georgevič, aspettarono che si vestisse, e con modi tranquilli e amichevoli, persino con una certa paziente gentilezza, gli dissero di prendere

con sé una coperta. Non vollero che portasse lui la valigia, che io avevo riempito di medicine, maglie di lana e calzini, la portarono loro. Di colpo si rattrappì tutto, si fece piccolo come un nano, infilò in tasca la papalina, indossò il cappello che gli porgevo, mi baciò con cautela una guancia, poi la mano, e anch'io lo baciai prima sulla barba, poi sulla mano. I poliziotti, intanto, osservavano attentamente il soffitto.

Dopo qualche minuto (ero ancora nell'ingresso, non sapevo dove andare), il campanello suonò di nuovo; ricordo che non riuscivo in nessun modo a tirare il catenaccio: mi tremavano non solo le mani, tremavo tutta. Alla fine aprii.

« Il signor professore chiede se avete messo la strofantina » disse una guardia. Non lo ricordavo. Non riuscivo a ricordare se tra le medicine avevo messo anche la strofantina. Corsi nello studio di Dmitrij Georgevič, vidi che tutto il contenuto del comodino era rovesciato sul pavimento e in ginocchio mi misi a cercare tra scatoline e boccette. La strofantina non c'era. In quel momento mi parve di ricordare che la strofantina non c'era neanche tra le cose che avevo messo nella valigia. Corsi in bagno. La strofantina era lì, sulla mensola sopra il lavandino. Ma ormai la guardia se ne era andata:

evidentemente non aveva potuto aspettare tanto tempo. Corsi per le scale; un piano, un altro, l'ultimo; l'ascensore sospeso tra due piani (se ne stava così, immobile, già da molti mesi), e infine il portone aperto, la strada: *Mattino al boulevard de Courcelles*, opera del pittore X: la coda davanti alla latteria, l'insegna del fiorista, un bambino che gioca con dello sterco di cane, un'automobile che svolta dietro l'angolo; i pedoni non sono stati ancora disegnati.

Come seppi in seguito, lo alloggiarono in una lussuosa camera di un lussuoso albergo requisito per i grandi nomi della scienza, ma evidentemente non avevano tenuto conto della sua età: a ottantatré anni è difficile cambiare ambiente e abitudini, e neppure le cure del medico a cui lo avevano affidato servirono a nulla.

Vennero dei facchini a prendere i suoi libri; li buttarono giù dagli scaffali in un attimo.

« Ecco il mandato » disse uno di loro con voce tetra.

Andarono anche verso la libreria nell'anticamera.

« Questi sono miei » dissi con un tono isterico di cui io stessa mi stupii.

Se ne andarono. Lo studio divenne stranamente vuoto. Smisi di entrarvi.

Morì due settimane dopo, nel sonno.

Quando le telefonai e le dissi che cosa era successo, Elena Vikent'evna ebbe parole di compianto:
« Povero, povero Secolo Diciannovesimo! ».
Subito dopo venne aperto il testamento. A lei aveva lasciato la villetta nei dintorni di Versailles, a me tutto il resto. Iniziai a mettere in ordine le sue carte, affittai il salotto e la sala da pranzo, continuai a vivere.
Molto tempo dopo, a guerra già finita, venni a sapere che tutte e tre le casse dei suoi libri erano state bruciate per errore.

3

Passarono due anni dalla morte di Dmitrij Georgevič, la guerra finì e da varie parti del mondo cominciai a ricevere lettere con svariate questioni concernenti i suoi lavori. La sua fama era grande. Dalla California chiedevano di acquistare il suo archivio, da Londra si offrivano di ristampare le sue opere; arrivavano lettere dalla Norvegia, dall'Olanda e dal Canada, e mi stavo ormai abituando a queste richieste, ed era più che naturale ricevere una lettera da Stoccolma; ma quando un giorno arrivò una lettera con il francobollo svedese per un attimo mi si annebbiò la mente e dissi a me stessa: è di Ejnar! finalmente una lettera di Ejnar! Ma era invece Olners, l'editore svedese; mi chiedeva di scrivere una biografia di Dmitrij Georgevič, o, meglio ancora, un libro su di lui, sulla mia vita con lui (*Min liv med...*) e sulla sua morte; mi proponeva di andare a Stoccolma per prendere accordi: lì, tra l'altro, depositati su un conto in banca, c'erano i diritti d'autore di Dmitrij Georgevič per tutte le sue opere pubblicate o ripubblicate

negli ultimi otto o nove anni. Quei soldi non potevano essermi spediti, potevo solo riscuoterli di persona. Risposi che sarei andata appena possibile.
Due mie lettere a Ejnar erano tornate indietro: « destinatario sconosciuto ». Mi era parso strano. Non gli avevo più scritto. Ma avevo pensato a lui per tutto quel tempo. Adesso lavoravo di nuovo al giornale, e di nuovo ero circondata da molta gente, da amici o semplici conoscenti, e la vita di un tempo, interrotta dagli eventi bellici, aveva ripreso il suo variegato e operoso corso. Avevo disimparato a lavare, cucire, stirare, cucinare, a volte sobbalzavo per lo squillo del telefono o per l'arrivo del postino. E pensavo al mio viaggio a Stoccolma con una fredda, cupa curiosità. Se lui era andato in Brasile, mi immaginavo, là lo avrei saputo.
Fin dai primi anni della mia giovinezza pensavo che ognuno di noi ha la propria *no man's land*, in cui è totale padrone di se stesso. C'è una vita a tutti visibile, e ce n'è un'altra che appartiene solo a noi, di cui nessuno sa nulla. Ciò non significa affatto che, dal punto di vista dell'etica, una sia morale e l'altra immorale, o, dal punto di vista della polizia, l'una lecita e l'altra illecita. Semplicemente, l'uomo di tanto in tanto sfugge a qualsiasi control-

lo, vive nella libertà e nel mistero, da solo o in compagnia di qualcuno, anche soltanto un'ora al giorno, o una sera alla settimana, un giorno al mese; vive di questa sua vita libera e segreta da una sera (o da un giorno) all'altra, e queste ore hanno una loro continuità.

Queste ore possono aggiungere qualcosa alla vita visibile dell'uomo oppure avere un loro significato del tutto autonomo; possono essere felicità, necessità, abitudine, ma sono comunque sempre indispensabili per raddrizzare la « linea generale » dell'esistenza. Se un uomo non usufruisce di questo suo diritto o ne viene privato da circostanze esterne, un bel giorno scoprirà con stupore che nella vita non s'è mai incontrato con se stesso, e c'è qualcosa di malinconico in questo pensiero. Mi fanno pena le persone che sono sole unicamente nella stanza da bagno, e in nessun altro tempo e luogo.

L'Inquisizione oppure lo stato totalitario, sia detto per inciso, non possono assolutamente tollerare questa seconda vita che sfugge a qualunque tipo di controllo, e sanno quello che fanno quando organizzano la vita dell'uomo impedendogli ogni solitudine, eccetto quella della stanza da bagno. Nelle caserme e nelle prigioni, del resto, spesso non c'è neanche questa solitudine.

In questa *no man's land*, dove l'uomo vive nella libertà e nel mistero, possono accadere strane cose, si possono incontrare altri esseri simili, si può leggere e capire un libro con particolare intensità, o ascoltare musica in modo anch'esso inconsueto, oppure nel silenzio e nella solitudine può nascere il pensiero che in seguito ti cambierà la vita, che porterà alla rovina o alla salvezza. Forse in questa *no man's land* gli uomini piangono, o bevono, o ricordano cose che nessuno conosce, o osservano i propri piedi scalzi, o provano una nuova scriminatura sulla testa calva, oppure sfogliano una rivista illustrata con immagini di belle donne seminude e muscolosi lottatori – non lo so, e non lo voglio sapere. Da bambini e persino da giovani (come probabilmente anche da vecchi) non sempre avvertiamo il bisogno di quest'altra vita. Ma non bisogna credere che quest'altra vita, questa *no man's land*, sia la festa e tutto il resto i giorni feriali. Non per questa via passa la distinzione: solo per quella del mistero assoluto e della libertà assoluta.
Il mio incontro con Ejnar aveva avuto luogo nella *no man's land*. Poi era successo quello che talvolta succede: la seconda vita era cresciuta e aveva cominciato a mettere in ombra la prima. Allora erava-

mo a quello stadio dell'amore in cui non si riesce a pensare a nient'altro. Ed entrambi sapevamo cosa sono il segreto assoluto e la libertà assoluta. Ne avevamo parlato già all'inizio della nostra storia, avevamo ricordato il precetto: « onora il giorno del sabato; per sei giorni lavorerai e farai ogni opera tua; ma il settimo giorno è sabato... » – prendilo a te stesso per te; e ognuno di noi due aveva questo « sabato » (lo stesso per entrambi), e per distinguerci dagli altri lo chiamavamo scherzando « martedì ». « Diritto al martedì » dicevamo allora. E come lottano gli uomini per avere il loro « martedì »! Che per decreto il « martedì » sia concesso a tutti, tutti, tutti! E ridendo dicevamo l'uno all'altro: sei tu il mio « martedì », finché un giorno non ci eravamo accorti che tutta la settimana era diventata un « martedì ».

Adesso la mia *no man's land* era come prima popolata dai pensieri su Ejnar. Tutto si riduceva a tre domande: è vivo? lo rivedrò un giorno? mi ama ancora? Tentavo di impedire a questi pensieri di demolire le basi della mia vita – il lavoro, i rapporti con le altre persone, spesso per nulla semplici – e in questa lotta si esaurivano tutte le mie forze spirituali. Ma dentro di me, entro i confini della mia seconda vita, quelle ore di ansia, di disperazione, di speranze, restavano la mia proprietà segreta. Come sempre, ero l'unica e totale padrona della mia *no man's land*.

Alla fine i treni ripresero a funzionare, vennero aperte le frontiere, arrivi e partenze tornarono regolari. Attraverso l'animato, operoso e lindo Belgio, attraverso le città distrutte della Germania – Colonia, Düsseldorf, Amburgo, che mi parvero negozi di stoviglie dopo un terremoto –, finii nelle nebbie tardoautunnali che in Danimarca mi accolsero insieme a tutta la poesia notturna dei wagonlit, quando svegliarsi alla luce azzurra della *veilleuse* che crepita e al quieto scricchiolio di qualcosa che ti ricorda la tua casa, o addirittura la tua infanzia, è come volare in un abisso – un abisso, però, non più familiare e infantile ma spaventoso, tremendo, che non dimenticherai mai e avrà un ruolo misterioso e ferreo nel tuo destino. E poi il ferry-boat tutto illuminato che di notte collega Copenaghen a Malmö; lì, seduta davanti a un bicchiere di vermut, sgranocchiavo biscotti salati e guardavo il mare freddo e nero sotto di me; e ancora i tre danesi che erano saliti nel mio scompartimento già a Flensburg e, prendendomi per francese, mi dicevano che non potevo apprezzare tutto il fascino del Nord, del-

la nebbia, della pioggia, che facevo male ad andare a Stoccolma, dove in quella stagione mi aspettavano tempo brutto, noia, gente tetra.
Quell'ultima notte non chiusi occhio. Di tanto in tanto il conduttore urlava nel corridoio: Linköping! Norrköping! Nyköping! Il treno si fermava e dopo un minuto riprendeva la sua corsa. Nel finestrino balenavano macchie di neve sotto neri abeti, villaggi e città dove la gente dormiva profondamente sotto le stelle del Nord, cento volte più luminose e brillanti che sopra Parigi. Arrivò, fioca, l'alba nordica, da nera l'aria si fece cautamente grigia, sotto gli abeti case e capanne di legno rosso scuro si accesero di luci, dai camini usciva il fumo; il corridoio si animò, la gente si alzava, andava a lavarsi, c'era odore di caffè; una donna rubizza, sorridente e ossequiosa, mi portò un paniere piatto con la colazione, e quando lo aprii nel piccolo tegame sfrigolava ancora un uovo circondato da salsicce affumicate che saltavano, come vive, nel burro bollente.
Nel crepuscolo mattutino i lampioni erano accesi lungo le strade; tranvai dalle luci rosate andavano su e giù per il Vasagatan scampanellando in continuazione. Il tassì mi portò sul lungofiume e a destra, al di là del ponte, tutta la severa

bellezza di Stoccolma, austera e granitica, passò per un istante davanti ai miei occhi. L'acqua era grigio scuro, il cielo era grigio scuro, i bambini che andavano a scuola vestiti di colori vivaci sembravano sparpagliati a bella posta nella città per renderla più allegra, più colorata, meno seria. La mia follia di quei momenti è provata dall'agitazione che mi colse quando, appena entrata nel Grand Hotel, un gigante con i galloni mi porse un biglietto: qualcuno le ha telefonato ieri. Già un attimo dopo mi dissi che nessuno, tranne Olners, era al corrente del mio arrivo, che quella fitta nel cuore era pura pazzia, ed era così, naturalmente. Olners mi augurava il « willkommen » e m'informava che era a mia disposizione l'indomani a partire dalle undici.

Mi liberai soltanto alle tre, dopo aver fatto colazione con Olners, che mi invitò a casa sua la sera per presentarmi la moglie e i figli. Uscita dalla casa editrice, svoltai sul Kungsgatan, attraversai il ponte e scesi lentamente verso il lago Mälaren; lì, sul lungolago, in uno degli enormi edifici di costruzione recente che occupano un intero isolato, aveva vissuto Ejnar e oggi, chiaramente, non viveva più, visto che le mie lettere non gli erano arrivate. Qui di sicuro l'estate curano e rasano i minuscoli quadratini di tappeto erboso nei cortili interni, ma ora tutto era silenzioso e deserto, non c'era nulla, soffiava un forte vento, il lungolago era cupo e maestoso, sulla riva opposta, nella grigia nebbia autunnale, stavano file di lampioni accesi, più avanti, nel nero della giornata novembrina, lunghe chiatte andavano verso il Baltico passando sotto il ponte sospeso, e la luce che sopra di loro vacillava sembrava cadere goccia a goccia nell'acqua nera per scomparirvi e poi riaffiorare di nuovo in superficie, e c'erano gli odori delle città di mare del Nord, e una certa nostalgia pietroburghese emanava dalle familiari facciate neoclassiche di quei palazzi, dal freddo silenzio dell'ampio spazio d'acqua, dalla nobiltà delle rive, dal cielo pesante. Nord-est. Le lettere non arrivano a nord-est. Il nemico è venuto da nord-est e se n'è andato a nord-est. Io stessa ora sono a nord-est. E tutta la mia volontà è tesa verso un unico scopo: non fare, non commettere un qualsiasi passo definitivo, irreparabile.

Scala A, B, C, e così via. Alla fine trovai la scala K. Vicino all'ascensore, a sinistra dell'ampio ingresso, era appeso l'elenco degli inquilini e, come accade talvolta, prima ancora di leggere effettivamente il suo nome tra altri quaranta, vidi già che c'era. Sì, Ejnar abitava qui come prima, nell'appartamento numero 16; ma accanto al suo nome sulla tabella era stato aggiunto « och fru », che significa « i gospoža », che significa « e signora », che significa « et Mme », che significa « and Mrs ». E significa anche « und Frau ». Esaurite tutte le lingue che conoscevo, mi dovetti sedere sulla lunga panca ricoperta di velluto che stava lì per la comodità di chi aspettava l'ascensore; e infatti, benché l'edificio fosse di costruzione recente e, per così dire, « moderna », l'ascensore mi parve di modello piuttosto antiquato: scendeva e saliva molto lentamente, di tanto in tanto qualcosa scricchiolava o addirittura sospirava. Ma non bisogna trarre l'affrettata conclusione che sia entrata in quell'ascensore: seduta sulla panca, lo avevo soltanto sentito funzionare quando l'avevano preso in discesa tre signorine vestite allo stesso modo, con calosce splendide, così perfette che veniva da chiedersi come mai quest'oggetto non fosse ancora stato celebrato in versi. Poeti, dove avete gli occhi? Le calosce svedesi aspettano da voi un poema, esattamente come gli impermeabili dai comodissimi cappucci e i portentosi guanti gommati. E già che ci siete, non dimenticate neppure le calzamaglie di lana che qui tutti portano da agosto

fino a giugno – anch'esse aspettano le vostre odi.
Quando uscii dal mio torpore e smisi di brontolare queste banalissime idiozie, guardai l'orologio. Erano le quattro e un quarto. In strada adesso era completamente buio, cadeva pioggia mista a neve e io dovevo immediatamente tornare alla realtà: dovevo andare alla Nordiska Kompaniet a comprarmi proprio calosce, guanti, impermeabile – insomma, tutto quello che occorreva. È appunto ciò che feci dopo aver preso un tassì, e tornata in albergo con gli acquisti me ne restai a lungo in un bagno caldo; provavo la strana certezza che nessuno sarebbe arrivato, nessuno mi avrebbe telefonato, nessuno avrebbe mai saputo cosa pensavo e quali decisioni stavo prendendo.
Quella sera tornai in albergo verso l'una; a casa di Olners, oltre la sua famiglia, c'erano altri sei ospiti che mi avevano tutti, credo, invitato a casa loro; i cognomi e gli indirizzi erano nella mia agenda. Era l'ospitalissima Svezia che mi voleva distrarre, nutrire, vezzeggiare, coprire di doni.
Ma non ci fu bisogno di prendere alcuna decisione. Abituata a vivere in una grande città, a vivere – se volevo – totalmente inosservata, non immaginavo quanto piccola fosse Stoccolma, non potevo sa-

pere che c'erano in tutto due o tre posti per cenare o passare la serata, che a restarvi una settimana qualche suo abitante può addirittura diventarti familiare, che qui spesso capita di vedere amici che s'incontrano per strada, fatto così raro a Parigi. Sbrigai le mie cose in una settimana, dopo aver partecipato per sette giorni, o meglio sere, in sette diverse case, a sette diversi ricevimenti, dove peraltro avevo incontrato sempre le stesse persone; mi diedero moltissimi (per me, almeno) soldi, e anche il permesso di esportarli. Quell'ultima sera andai all'Opera a vedere *Rigoletto* con tutta la famiglia di Olners – moglie, figli, nuore e un nipote – e io ero, da capo a piedi, vestita di nuovo: biancheria, calze, scarpe, vestito e persino pelliccia. Dopo lo spettacolo ci spostammo in massa e alquanto rumorosamente in un ristorante enorme e accogliente, dalle basse luci soffuse, che si trovava all'interno dell'Opera; ci fecero sedere a un tavolo in mezzo ad altra gente elegante e chiassosa. Quando tutti presero posto, e prima che il maître portasse il menu, io non solo vidi Ejnar a due passi da me, ma in modo del tutto naturale incontrai i suoi occhi. Senza staccare da me lo sguardo, cominciò ad alzarsi dalla sedia, lentamente, con in mano il tovagliolo e la bocca stirata in un sorriso innaturale e sgradevole che non gli avevo mai visto; poi lasciò cadere il tovagliolo sulla sedia e venne verso di me, e in quel momento cápii che era riuscito a dominarsi: il viso leggermente invecchiato esprimeva ciò che lui voleva, si sforzava di esprimere: la piacevole sorpresa di incontrare una vecchia amica. Il suo viso era tornato quello di un tempo. Tutti, al suo tavolo, si erano zittiti, e in quegli attimi mi parve che anche intorno a me fosse sceso all'improvviso il silenzio. E in quel silenzio mi vidi dall'esterno – mi capita molto di rado e non mi piace, di solito dura qualche secondo, ma la sensazione è angosciante: eccomi seduta con un vestito nuovo, la borsetta nuova è posata accanto al piatto, il parrucchiere mi ha tagliato i capelli neri e li ha pettinati all'indietro lasciando scoperte fronte e orecchie, ho un nuovo profumo, posso sentirlo; la mia mano sinistra è appoggiata sulla tovaglia, la destra sfiora il bicchiere, vedo l'anello col topazio. « Adesso sorriderà e si metterà a parlare » penso di me stessa, e mi sforzo di porre fine a questo sdoppiamento. Finisce da solo.

I compagni di tavolo di Ejnar – una signora molto robusta, molto alta, e un uomo – si voltarono verso di me. La vidi, ed ebbi modo di vederla ancora meglio

quando entrambe ci alzammo e, incontrandoci a metà strada tra i tavoli, ci salutammo in tono disinvolto e allegro. Sorpresa, esclamazioni: Olners conosceva benissimo Ejnar, ma non lo vedeva da molto tempo (e cioè da un paio di mesi, credo). Dopo qualche attimo di confusione e di agitazione generale vennero spostate le sedie, accostati i tavoli, e tutti tornarono a sedersi tra sorrisi e strette di mano; la conversazione riprese in un francese stentato, ci furono vari brindisi: a me, alla Russia, alla Francia, al futuro libro su Dmitrij Georgevič, che Olners paragonò a Mendeleev in un discorso breve ma assai ben improvvisato.
La moglie di Ejnar era una gigantessa dai capelli biondi e dagli occhi azzurri, con un tondo viso da bambola, grandi guance tonde leggermente gonfie che ricordavano un angelo paffuto, o addirittura un angelo che soffia nella tromba. Un misto di Rubens e Bellini. Si muoveva lentamente, come si conviene a una donna più alta non solo delle altre donne, ma anche di molti degli uomini presenti. Mi osservò per qualche istante e poi, senza la minima ombra d'imbarazzo, disse a voce alta:
« Ejnar, perché mi hai detto che somigliava a una cinese? Non ha assolutamente nulla di cinese! ».

Non partii il giorno seguente, ma solo quattro giorni dopo. Passai quattro sere a casa loro, e di giorno io ed Emma andavamo in giro per la città; andammo anche a Skansen per vedere la tomba di Strindberg, l'enorme croce di legno con l'iscrizione dorata. Una volta, verso sera, finimmo addirittura al Tivoli, dove giocammo a tiro a segno e a biliardo, e guardammo i mostri. Mi confessò che aveva mandato indietro tutt'e due le mie lettere; non voleva che Ejnar riprendesse a scrivermi: era così felice con lei, e da quando l'aveva incontrata non conosceva più tempeste spirituali. Di comune accordo avevano entrambi cercato di costruire la propria vita nell'armonia e nell'amore, « accettiamo l'autunno come la primavera, » così si espresse Emma « come ogni cosa della natura, entrambi amiamo il tempo sereno, l'arcobaleno nel cielo ». Erano sposati già da cinque anni, e non pensate, mi disse tenendo in mano un pasticcino, che impantanati nella nostra felicità familiare ragionevolmente costruita non ricordiamo mai gli amici di un tempo: io stessa in Italia ho delle persone molto, molto intime, delle persone care, amici della mia innocente gioventù (lo disse con assoluta serietà), e in tutti questi anni di guerra Ejnar e io ci siamo tanto preoccupati, addolorati... le privazioni, soprattutto, e i bombardamenti... Qui da noi invece tutto era come sempre; certo, in primavera l'uva non si trovava, ma è forse importante? Ditemi, m'interessa saperlo, per voi è importante che in primavera manchi l'uva?

La sera andavo da loro e ce ne stavamo – Emma, Ejnar, il dottor Mattis e io – in una stanza ben riscaldata, sprofondati in basse poltrone. Più di tutti parlavo io: di quegli anni, di Dmitrij Georgevič e del camino freddo davanti al quale restava spesso seduto negli ultimi tempi – e qui nel camino bruciavano grossi ciocchi di betulla, così secchi che prendevano fuoco con un solo fiammifero –, delle quattro visite, dei libri bruciati per errore, delle nostre letture serali a voce alta, a lume di candela, del fatto che mancavano i grassi e spesso l'inverno avevamo molto freddo, dell'importante ruolo che hanno la lana e il lardo nella vita dell'uomo. Poi mi ero ripresa, d'un tratto avevo capito che non bisognava entrare in simili dettagli, che era meglio raccontare loro del dottor Wengland, e della conversazione avvenuta nello studio di Dmitrij Georgevič a porte chiuse. Lo aveva denunciato lui, o no? – per me restava un enigma. « Certo che lo denunciò » disse fermamente Emma. E il dottor Mattis: « Forse si lasciò solo scappare qualche parola di troppo », e intanto Ejnar fumava in silenzio. Io continuavo a parlare, e loro ascoltavano, e raccontai della strofantina, e dissi che Dmitrij Georgevič avrebbe potuto vivere più a lungo, e forse anche vedere la fine della guerra, se io avessi messo la strofantina nella valigia. « No, assolutamente! » disse Emma. « Assai improbabile » disse il dottor Mattis. A notte tarda cenammo con pollo freddo, vino bianco e fragole fresche, che in quella stagione erano ancora più rare dell'uva in primavera. E tutto questo era possibile perché il mio primo giorno a Stoccolma, vicino a un ascensore, avevo preso la decisione di non vedere mai più Ejnar.

Per tutti quei quattro giorni Emma non mi lasciò mai sola con Ejnar né lui mi telefonò; e benché, malgrado la decisione presa, io aspettassi il permesso di Emma, non lo ottenni. Vennero tutti e tre ad accompagnarmi alla stazione; io ed Emma passeggiammo lungo il marciapiede mentre il dottor Mattis ed Ejnar andavano a controllare se sul mio treno viaggiava un certo Gustavson, che quel giorno, pare, doveva andare ad Anversa. Emma e io camminavamo lungo il marciapiede e dicevamo che magari l'anno dopo, o al massimo tra due anni, si poteva andare in Italia, e fermarsi un po' a

Firenze, a Venezia. Mi guardava fisso, come misurandomi, come facendo non so quali calcoli e riflessioni in cuor suo, e trovò anche il tempo di dirmi che le ero piaciuta «terribilmente», che non si aspettava che fossi tanto simpatica, allegra e non so cos'altro, e io sentivo che tutto stava andando come lei aveva deciso, e anche in seguito sarebbe stato così; poi ridemmo su un suo errore di francese e lei mi insegnò come protestare in svedese se di notte il conduttore mi avesse di nuovo impedito di dormire con le sue urla: Linköping! Norrköping! Nyköping! Gustavson non lo trovarono, ferma sul predellino strinsi la mano a tutti e tre, e proprio un attimo prima della partenza del treno comparve all'improvviso un fattorino con un vaso di lillà bianchi da parte di Olners – lillà bianchi a novembre, ancora più preziosi delle fragole in autunno o dell'uva in primavera.
E così, una donna appena conosciuta, sorridente, ospitale, con un viso da cherubino, non aveva concesso a Ejnar neppure un minuto per stare solo con me, gli aveva impedito di telefonarmi (ho il sospetto che per tutti quei giorni lui non fosse andato in ufficio); senza il minimo imbarazzo mi aveva comunicato di aver rispedito indietro tutt'e due le mie lettere, mi aveva invitato a casa sua, aveva

persuaso Ejnar e il dottor Mattis a venire alla stazione – e se avesse messo il suo Ejnar sotto chiave, oppure rinchiuso me nei sotterranei della Gestapo o nella lussuosa camera di un lussuoso albergo, i risultati sarebbero stati assolutamente gli stessi. Mentre correvo per musei, negozi e salotti, ero stata sotto la sua sorveglianza; in mezzo a tutta la malinconica bellezza autunnale del nero Mälaren illuminato che suscitava nostalgia di Pietroburgo nella « mezza cinese, mezza francese » (così lei mi definiva scherzosamente), non avevo avuto più *no man's land* di Dmitrij Georgevič in una stanza del Majestic o del Bristol; solo che io non ero morta, come lui, perché avevo la metà dei suoi anni e mi avevano nutrita di fragole, storione e pernici, innaffiati di punch.
Ma ora, nel vagone notturno surriscaldato, sentivo che dalla rabbia impotente stavo passando a un crudo senso di offesa nei confronti di Ejnar: non aveva fatto nulla per stare con me anche soltanto un'ora, in un posto qualsiasi, nella libertà e nel mistero, non aveva fatto nulla perché io fossi di nuovo, una volta soltanto, il suo « martedì ». Avevo forse bisogno di spiegazioni? Non era forse già tutto chiaro? Aveva aspettato due anni, la guerra non finiva, si era sposato, aveva

sistemato la propria vita (il giorno prima lei aveva detto: mi toccò trasferirmi da lui, qui da anni è ormai impossibile trovare un appartamento, a qualunque prezzo, e così stiamo stretti, metà dei mobili li teniamo in un deposito); si era sposato, e adesso, insieme a Emma, « accettava sia l'autunno che la primavera ».

No, non occorreva spiegare nulla, e non occorreva neppure rievocare il passato, ma perché non stare un po' insieme? E d'un tratto mi immaginai quello « stare insieme », e capii che a lui era assolutamente inutile. Serviva soltanto a me, per potergli dire: sai, Ejnar, sai, caro, la tua Emma ti tiene i piedi sul collo, non ti consegna neppure le tue lettere! E, in preda a un'amara e impotente disperazione, sentii che bruciavo tutta per la rabbia, il dolore, l'offesa. Nel corridoio il conduttore gridava, e il treno era fermo in qualche posto.

E tuttavia lo amavo, amavo soltanto lui, e anche se continuavo a ripetermi che non voleva più saperne di me, non lo amavo per questo di meno. E forse lo amavo ancora di più dopo l'incontro a Stoccolma, e tutta la mia vita era piena di un disperato amore per lui, un amore che mi impediva di costruire il mio destino e caricava i miei giorni e le mie notti di un pesante fardello di cui non potevo – e forse non volevo – disfarmi.

4

Tornata a casa, m'immersi subito nell'alacre vita del dopoguerra e sentii che a quella vita dovevo dare un ordine ragionevole. Prima di tutto, decisi di disfarmi del vecchio appartamento sul boulevard de Courcelles, dove per Dmitrij Georgevič era stato assolutamente naturale andare a vivere prima dell'« altra » guerra, ma che non faceva affatto per me. Lasciai quell'enorme, scura, vecchia casa russa per un piccolo e luminoso appartamento sulla Rive Gauche, e con l'aiuto di Elena Vikent'evna sistemai le vecchie cose russe.

L'appartamento era stato preso in affitto prima ancora dell'« altra » guerra (« all'epoca dei filtri elettrici e del metodo ondulatorio » diceva Olners), e qui la moglie di Dmitrij Georgevič e mia madre avevano già allora portato da Pietroburgo alcune cose.

« È archeologia, tutta questa roba! » diceva Elena Vikent'evna, che aveva venduto la villetta di Versailles, aveva aperto un suo laboratorio di modista e stava per sposarsi. « Qui ci sono stratificazioni di intere epoche! argento russo a chili! un quadro di Korovin firmato! dono di Čičibabin: un ragazzo di marmo che si sfila la famosa scheggia dal tallone... Ipat'ev aveva gusti completamente diversi: una brocca per il vino, con incise delle date... Quelli sì che, come si dice, sapevano vivere! Benois: uno schizzo di Fontainebleau, questo risale già a dopo l' "altra" guerra, tra l' "altra" e "questa" ».

« Veniva a trovarci. Lo ricordo ».

« E chi non veniva! Mi posso immaginare... Un cuscino ricamato... ».

« Glielo regalò la vedova di Mečnikov, al massimo una ventina di anni fa. Per il suo compleanno ».

« Guardate qui: una foto di gruppo! Due dozzine di vecchiette! ».

« Sono le "donne dell'università" ».

« Vergine santa! ».

Le lettere e i manoscritti non li toccava, e mi guardava con trepidazione mentre li riponevo nelle casse, ma mi aiutò a sistemare i libri che stavano sugli scaffali nell'ingresso. Ce ne erano molti con la dedica – libri di suoi contemporanei, persone nate, come lui, negli anni Sessanta o anche Cinquanta del secolo scorso. Molti di coloro che un giorno li avevano scritti io li conoscevo, qualcuno era morto da pochissimo tempo, qualcun altro era morto proprio prima di « questa » guerra. Di vivo non c'era più nessuno. A.A. Pleščeev, che in seguito era divenuto cieco e camminava con il bastone bianco, vestito di stracci, e che da bambino aveva visto Dostoevskij, sul frontespizio delle sue *Memorie* aveva scritto « Al sole della nostra scienza » firmandosi con un lungo scarabocchio. Elena Vikent'evna si commosse perfino: « lo ricordo camminare per la città, » disse con un sospiro « agli angoli si fermava e diceva "*traversez-moi*", e una volta gli diedero perfino l'elemosina... Il sole della nostra scienza! ».

Tutto andò bene e filò liscio dal giorno in cui decisi di destinare interamente al passato di Dmitrij Georgevič una delle tre stanze del mio futuro appartamento. La cosa più difficile fu sistemare due enormi quadri di autore ignoto: *Il governatore che riceve i visitatori* e *I funerali di un mercante della seconda gilda*; alla fine li portò via un rigattiere e non me ne dispiacqui, ma altre cose mi dispiaceva darle via, e pregai Elena Vikent'evna di prendersi il cuscino ricamato – una copia della Madonna Sistina a punto rasato – la brocca e il ragazzo che si toglieva la scheggia. Il carro del rigattiere era fermo giù, in strada, e l'« antiquario » (come pomposamente si definiva) vi caricava sopra tappeti lisi, poltrone sfondate, lampadari tintinnanti, drappeggi con

nappe, un servizio da scrittoio di bronzo, una batteria di pentole di rame che a mia memoria non erano mai state usate. Poi Elena Vikent'evna portò via in tassì due ceste di roba, e ormai al crepuscolo comparvero i facchini e trasportarono a casa mia le cose che potevano ancora essermi utili nel secolo ventesimo. Di sera, quando tornavo dalla redazione, ordinavo e disponevo negli scaffali della casa nuova tutto ciò che in seguito avrebbe raggiunto un'università della California. E poiché nel nuovo appartamento non c'era né il camino né una vera e propria cucina, una sera mi toccò portare tutti i ventidue pacchi di lettere (in maggioranza carteggi di famiglia), accuratamente legati, da certi amici che abitavano in una vecchia casa con una vera stufa, e lì passammo molto tempo a bruciarle, rimestando malinconicamente con l'attizzatoio la cenere leggera.
Poi la vita riprese a scorrere rapida. E soltanto la mia *no man's land* restò come era: pensavo sempre a Ejnar, pensavo al passato lontano e a quello assai prossimo, a Emma, a Stoccolma, al mio futuro, che senza Ejnar mi sembrava impossibile, e con lui irrealizzabile.
Emma a volte mi scriveva. Le sue lettere, in un misto di francese e tedesco, riguardavano soprattutto le stagioni: c'è molta

neve, i bambini hanno fatto un pupazzo nel cortile – simpatica usanza, vero? Le giornate diventano più lunghe – questo dà a tutti noi energia e vigore, l'inverno non è eterno, ci diciamo. Presto sarà Pasqua, vi auguriamo buone feste! Arrivano le giornate calde e noi andiamo per un mese al mare – sarà meraviglioso riposarsi dal trambusto della città, vivere un po' in mezzo alla natura, in compagnia dei propri pensieri; talvolta è utile riflettere in profondità su qualcosa, sono certa che piace anche a voi. Le notti bianche, se foste qui, vi ricorderebbero l'infanzia, ma dovreste rifarci l'abitudine. Su alcuni hanno un brutto effetto. Il dottor Mattis è con noi, facciamo il bagno, andiamo in barca, passiamo il tempo molto piacevolmente. Ejnar dice che si annoia un po', ma io non gli credo, ha uno splendido aspetto e ha preso un grosso cane di razza, un danese – non pensate anche voi che negli animali c'è qualcosa che nobilita? Oggi hanno acceso il riscaldamento, ci sono già state le prime brinate. In città c'è nebbia da cinque giorni, io sono a casa col raffreddore. La cosa buona delle malattie è che all'improvviso trovi il tempo di leggere un buon libro... Buon Natale! Vi auguriamo tutti e tre un felice Anno Nuovo! Speriamo che in questo ci si possa vedere!... E poi un'altra volta: felice Pasqua! In estate pensiamo di andare in Italia. E un mese dopo, ancora: abbiamo deciso di passare un mese a Venezia. Prendete le ferie, venite a trovarci. E una lettera dei primi giorni di luglio: Abbiamo affittato un appartamento vicino a San Zaccaria, c'è una stanza per voi.

Mi sedetti al tavolo, presi un foglio di carta e, sentendo che mentivo ad ogni parola, scrissi:

« Cari Emma ed Ejnar! Grazie dell'invito. Sarò felice di rivedervi e di passare una settimana da voi. Ho preso le ferie e sarò a Venezia il quindici; il treno arriva in serata, credo. Se il dottor Mattis è con voi, salutatelo da parte mia. Vostra... ».

Scrissi proprio così, « vostra », e lo feci in modo assolutamente meccanico. In generale in quei giorni mi sforzavo di non pensare: se mi metto a pensare, di certo me ne resterò ragionevolmente a Parigi, e poi mi tormenterò. È il destino che gentilmente abbassa il predellino della sua antiquata carrozza e mi tende la mano per aiutarmi a salire, ma a pensarci, e a pensarci seriamente, si arrivava a uno sciocco calembour: il destino mi tende il piede, mi fa lo sgambetto per atterrarmi, per mettermi al tappeto... A volte mi dicevo persino: forse hai pensato troppo in tutta la tua vita. Gli altri non pensano e vivono felici. Dài, per una volta concediti la libertà di non pensare. Prenderemo per buono l'invito, non staremo a chiedercene il motivo, accetteremo Venezia come si accetta un regalo – non è detto che dalla scatola di caramelle o dal mazzo di fiori debba immancabilmente uscire un serpente o un pipistrello.

Di Venezia avevo un unico ricordo infantile: era prima ancora dell'«altra» guerra e avevo cinque anni. È anche, credo, l'unico ricordo dell'infanzia direttamente legato a Dmitrij Georgevič. Certo, da bambina sentivo sempre dire: Dmitrij Georgevič è arrivato, Dmitrij Georgevič sta lavorando, Dmitrij Georgevič è uscito per questioni di lavoro, ma con lui non avevo alcun rapporto diretto. E invece ricordo una sera a Venezia. Su un balconcino – probabilmente non molto alto, ma a me sembrava di stare su un'alta torre – erano state messe due sedie. Su una sedevo io, sull'altra, in giacca di seta e panama, c'era Dmitrij Georgevič, con un grosso libro in mano. Probabilmente era l'albergo al Lido dove in quel momento noi vivevamo: lui, sua moglie, mia madre e io. Probabilmente era una serata speciale, visto che mi avevano lasciata sola con lui: non ricordo che la cosa si sia mai ripetuta. Con la bocca spalancata e gli occhi sgranati, lo ascoltavo mentre mi leggeva ad alta voce *Ruslan e Ljudmila*. Probabilmente aveva deciso che per me era ora di far conoscenza con la letteratura russa.

«Vi leggerò, cioè ti leggerò» cominciò più o meno così la sua introduzione «un'opera geniale di un geniale poeta russo. "In un Seno di mare c'è una quercia verde". Voi, cioè tu, un giorno capirai, per così dire, tutta la forza di questa espressione: Seno di mare! Adesso noi siamo al mare, ci passiamo, per così dire, le vacanze estive, ma tutto questo non è ancora Seno di mare! "C'è una catena d'oro sulla quercia". Su questo punto a suo tempo ci furono molte discussioni, perché ci sono due teorie su come, per così dire, sia saltata fuori questa catena. I druidi, come voi sapete, cioè come sai, s-sì, i druidi vivevano sotto le querce. Ma qui c'è un gatto che da un lato è l'antichissimo gatto del folklore, e sul suo conto, a suo tempo, mi spiegò molte cose interessantissime il compianto Aleksandr Nikolaevič, e dall'altro lato è un gatto simbolico. Continuiamo: "Un gatto saggio notte e giorno lungo la catena corre intorno"».

Continuò senza più commenti, e per questo della storia capii assai poco. Nella mia memoria rimase il gatto saggio, e tutta la scena vi s'impresse più o meno così: su di un'alta torre, sulle rive di non so quale Seno, siamo seduti io e Dmitrij Georgevič, la mia bocca è spalancata e secca per l'eccitata sorpresa e l'ammirazione, giacché Dmitrij Georgevič mi ha rivelato una notizia: a Venezia vive fin da tempi immemorabili un gatto saggio. E chiaramente Dmitrij Georgevič conosce benissimo questo gatto.

A parte questo, di Venezia non ricordavo nulla, e quando il vaporetto mi portò dalla stazione lungo il Canal Grande, e da destra e da sinistra cominciò a rivelarsi ai miei occhi il merletto di pietra dei palazzi annerito dal tempo, mi sentii proiettata in un'altra dimensione, dove tutto all'improvviso era divenuto leggero, aereo, di merletto, dove non si poteva (e non se ne aveva affatto desiderio) misurare la vita e se stessi con i vecchi metri, dove tutto all'improvviso era diventato diverso: l'impossibile – possibile, il pesante – leggero, l'irrimediabile – triste e allegro insieme. Qui e là apparivano tra gli edifici stretti canali attraversati da minuscoli ponti, chiese che si scioglievano nell'oscurità; nell'aria rosata luci rosa pallido brillavano immobili o sembravano planare sull'acqua; le incrociavano certe altre luci magiche di un verde stellare, come di un altro mondo. La sensazione di una strana lentezza sottomari-

na mi riempì tutta – la sensazione di un particolare ritmo rallentato, mai provato prima, in cui il mio respiro e i miei movimenti si fondevano con il movimento del vaporetto, in cui accanto a noi, in una triste fissità contemplativa, passava la vecchiaia e la miseria dei palazzi che guardavano l'acqua e me, pensierosi nel loro fascino inaccessibile.
Quando a sinistra, sempre allo stesso stupefacente ritmo di luci e ombre incrociate, apparve l'ampia riva con il palazzo dei Dogi, e a destra la laguna, piena di un ignoto senso notturno, provai un accesso di felicità quasi insostenibile al pensiero che tra pochi minuti avrei visto Ejnar e sarei stata con lui in quello stregato mondo crepuscolare. Quando il vaporetto si fermò all'approdo, fui spinta verso l'uscita. Un giovane facchino afferrò con una mano la mia valigia, mi posò l'altra sulla spalla e mi fece strada davanti a sé. Scesi a terra. Emma dischiuse larghi abbracci, il dottor Mattis era accanto a lei. « Questo è Mario » disse presentandomi qualcuno. Lanciai un'occhiata, alle sue spalle c'era Ejnar. « Ah, come sono felice che siate arrivata! » gridò Emma. « Ah, sarà tutto meraviglioso! Su, Ejnar, baciala, anche tu sei terribilmente felice di vederla! E non ci vediamo da così tanto tempo! ».

Lui si chinò ubbidiente e mi baciò sulla guancia. Avvenne tutto così in fretta che non ebbi il tempo né di dire qualcosa né di farmi da parte. Il dottor Mattis ci guardava immobile. Non mi sembrò di buon umore.

Un'enorme stanza del loro appartamento dava su una tranquilla piazza con una chiesa, mentre la grande camera da letto di Emma ed Ejnar si affacciava sul piccolo giardino che stava dietro la casa. Il dottor Mattis, la domestica e io occupavamo minuscole camerette lungo il corridoio con vista sul cortile interno; lì gorgogliava una fontanella dove notte e giorno una donna lavava la biancheria. Dei gradini portavano da una stanza all'altra, sembrava che una parte della casa fosse il suo corpo principale, di pietra, antico, e l'altra solo una dépendance aggiunta più tardi. Nella stanza grande, quella dove cenavamo e poi restavamo a lungo, c'erano il tranquillo ordine e il solido comfort nordico delle case a lungo abitate: evidentemente Emma li portava ovunque con sé. Ma una cosa era nuova, e cioè la presenza di Mario, del quale Emma mi disse che era un vecchio amico di gioventù conosciuto ancora prima della guerra a Firenze, dove un tempo lei aveva studiato pittura; era accaduto prima di «questa» guerra, e adesso

lui era venuto a Venezia per rivederla e ricordare il passato. « Ha già quattro bambini, » gridava Emma « Mario, falle vedere le fotografie! ».
Più tardi Mario se ne andò ed Ejnar (ora fumava la pipa, e la cosa gli permetteva di parlare sempre di meno) si mise a interrogarmi a fondo, come si conviene a un ospitale padrone di casa, sulla mia vita, sul nuovo appartamento, sui nuovi conoscenti, sul lavoro. Emma ascoltava, il suo sguardo si era fatto distratto. Il dottor Mattis, che l'indomani mattina presto sarebbe partito per una gita, si ritirò infine in camera sua, e subito dopo mi congedai anch'io. Rimasta sola nella mia stanza, da cui si udiva il gorgoglio della fontana, accesi la luce, mi guardai intorno, vidi i miei bagagli, la valigia svuotata per metà, le pareti bianche, lo stuoino sul pavimento, la mussola alla finestra, certi simpatici e lindi oggettini sul comò: un posacenere, una bottiglietta dalla forma strana, un tovagliolo colorato, un bicchiere di vetro iridescente. Domani. Cosa accadrà domani? Mi sedetti sul bordo del letto e, guardandomi ancora una volta intorno, dissi a me stessa che ero venuta nella speranza di restare finalmente sola con Ejnar, per dirgli che gli avevo scritto, per chiedergli se mi amava ancora, per costringerlo a dirmi

come tutto era successo; ero venuta per dirgli che lo amavo come prima, che non potevo più continuare a vivere così, senza sentire da lui neanche una parola. Possibile che mi avesse davvero scacciato, scrollato via dalla sua vita senza una sola parola? E adesso? Perché avevano voluto che venissi? O lui vuole sempre ciò che anche Emma vuole?

Erano le dieci quando mi svegliai e tesi le orecchie a dei suoni insoliti: un leggero rumore di stoviglie, un canto di donna – probabilmente è la domestica che canta –, passi nel corridoio, avanti e indietro; la fontana gorgoglia, tintinnano i secchi; un colombo tuba proprio qui accanto. Saltai in piedi, mi lavai, mi vestii e andai nella sala da pranzo.

« Vi stavo aspettando, » disse Ejnar dalla poltrona accanto alla finestra, con un giornale inglese in mano « prenderemo insieme il caffè ».

Sedemmo l'uno di fronte all'altro e sul tavolo comparve un'abbondante colazione alla svedese, con tutto quello che occorreva e senza cui Ejnar non poteva vivere neanche a Parigi. Aspetta, aspetta, mi dissi imbattendomi di colpo in un pensiero del tutto nuovo – era davvero così necessario precipitarsi via dalla Francia allora, il 2 settembre di quel terribile anno? Era davvero assolutamente indispensabile fuggire ad ogni costo e a gambe levate a casa, dal padre (che somigliava a re Gustavo), dalla *njanja* russa, dal fratello che voleva andare in Brasile, precipitarsi nella pacifica Svezia abbandonando l'Europa che tuonava di tutti i suoi cannoni? Forse che nessuno dei « neutrali », allora, era rimasto tra noi? C'era forse una legge per cui ognuno doveva far ritorno ai propri luoghi? No, secondo me una legge così non c'era – arrivò molto più tardi. Ricordo benissimo un mio conoscente svizzero che non andò da nessuna parte: lo incontrai a Natale del '39, o forse addirittura del '40. E la famiglia di un avvocato americano, che continuò a vivere nella nostra scala – come ho fatto a non pensarci prima? Ci aveva vissuto fino all'autunno del 1941, quando infine era partita. Solo molto più tardi erano stati messi i sigilli alle porte.

« Adesso andremo a passeggio e io vi mostrerò tutto, tutto, tutto, » diceva Ejnar « fino a stasera sarò la vostra guida ».

« Dov'è Emma? ».

« Emma è andata con il dottor Mattis a Torcello ».

« A Torcello? Per tutto il giorno? Ma doveva andarci? ».

« L'ha deciso all'ultimo momento, hanno portato con loro anche Mario ».

Avevo l'impressione che mi fosse stata tesa una trappola, che mi fosse stata tesa fin dall'inizio, dal giorno in cui Emma mi aveva scritto: abbiamo affittato un appartamento, c'è una camera per voi. No, molto prima, quando a Stoccolma, alla stazione, aveva detto qualcosa come: « perché non venite per un po' in Italia quando noi ci andremo? ».
Ejnar e io uscimmo e c'incamminammo senza fretta verso la piazza lungo la Riva degli Schiavoni. Tesa com'ero, quel giorno, avvertivo costantemente la totale tranquillità di Ejnar, la sua libertà interiore, la sua certezza che tutto ciò che faceva era giusto. Devo riconoscere che non opponevo resistenza, e io stessa dopo un paio d'ore mi sentivo più tranquilla e più libera. Ridemmo perfino insieme più di una volta. Dopo pranzo, mentre eravamo seduti al Florian, lui mi domandò con la massima semplicità se non c'erano dei versi russi sull'argomento.
« Su quale argomento? » chiesi, e in cuor mio ebbi paura che ci sarebbe stato qualcosa di simile a una spiegazione.
« Su Venezia » disse.
« Ce ne sono molti, moltissimi, » risposi « un giorno, non ora, ve li dirò tutti ».
« Me lo aspettavo » disse molto soddisfatto, sorridendo felice.
Verso sera Emma tornò a casa da sola.

« Non siamo andati a Torcello » disse con aria indifferente. « Quando siamo arrivati all'imbarco non c'erano posti, e il dottor Mattis è dovuto andare da solo, così io e Mario siamo andati al Lido, e lì abbiamo fatto il bagno e pranzato. E io mi sono scottata » – scostò le spalline del vestito: la pelle era rossa, infiammata.

Ejnar andò da qualche parte, Emma e io ci sedemmo a tavola per bere il caffè. Era allegra, parlava molto, si misurava la temperatura (le piaceva misurarsi la temperatura ogni giorno) e mi assicurava che se aveva la febbre era per quella brutta scottatura. Ma non aveva la febbre.

La mattina seguente Emma e Mario andarono a Torcello (lei disse: « non lascio mai nulla in sospeso ») e di nuovo rimasi sola con Ejnar.

Quel giorno e i tre giorni seguenti ora li ricordo con sentimenti diversi e confusi: c'era l'attesa di qualcosa che desideravo fortemente, la cosa per cui ero andata fin lì, e c'era il fastidioso, quasi allarmante presentimento che quello che tanto aspettavo non sarebbe dovuto accadere, che non potevo accettarlo, che aveva qualcosa dell'elemosina fatta da qualcuno nel momento per lui più comodo, un'elemosina fatta a me ed Ejnar insieme. A questo si univa l'impressione di tutto quanto avevo visto: la folla variopinta di piazza San Marco, l'eterna festa di luci e ombre, il crepuscolo alla Scuola di San Rocco, le centinaia di quadri – Sabaoth che si libra in aria dalle nubi spalancate, le babbucce di sant'Orsola, e gli angeli del Bellini che soffiano nella tromba, a me già ben noti. Ejnar era con me, vagavamo per le sale dell'Accademia, parlavamo e tacevamo, salivamo sui ponticelli gibbosi, sedevamo in piazzette che a volte non avevano nome, sui gradini dei Frari, riprendevamo a vagare, e ormai sapevo con certezza che tutto questo serviva a Emma, che era stata lei a organizzare tutto: sia l'arrivo di Mario, bello di viso e largo di spalle, sia il mio. Il quinto giorno il dottor Mattis partì. Aveva una faccia scontenta e aveva preso a parlare con tutti noi in modo brusco, quasi sgarbato. « Ha un'infelice storia d'amore con un'inglese, » disse Emma prendendolo in giro « pare che lei sia partita ieri per Roma ». Ma non le credetti. La partenza del dottor Mattis mi metteva in una situazione difficile e allo stesso tempo un po' ridicola: non avevo voglia di restare lì in tre. « Non sapete quanta simpatia abbiamo per voi, » mi disse Emma la sera, come se avesse indovinato che intendevo affrettare la partenza « in questi giorni siete diventata proprio come una persona di famiglia, ed Ejnar sta così bene con voi. Quanto a me, io vi voglio terribilmente bene». Amava la parola «terribilmente», mentre io non l'amo affatto. Le credetti? No, non le credetti neanche per un attimo, ma se crederle sarebbe stato difficile, non crederle lo era ancora di più. Adesso mi era chiaro: fin dall'attimo in cui ero arrivata mi stava ammaestrando come una bestiola. A Venezia, mi tornò in mente, viveva un gatto saggio, e io non avevo voglia di somigliare a quel gatto saggio.

Non posso permetterle di toccare il mio destino, di darmi o non darmi il lasciapassare per questa o quella parte del mio universo, di organizzare come a lei sembrerà più opportuno la mia *no man's land*. La sera lei va alla Fenice con Mario, e con noncuranza, con tono fintamente distratto, dice che ci sarà la luna piena, che noi potremmo fare un giro a San Giorgio Maggiore. Se le darò ascolto sarò certamente, con il suo permesso, meno infelice, ma non posso darle ascolto, sarò io a decidere tutto, in qualche modo, e me ne andrò da qui. Lei mi indica una via, e io ne prenderò un'altra. Ho il mio mondo, libero e segreto, di cui sono e resterò padrona, e lì non tollererò la sua ingerenza.

Sono seduta al Florian e guardo a lungo la folla che passeggia. Come un giorno, guardando la buia Parigi del tempo di guerra, penso: quante sofferenze ci sono state qui, russe e del mondo intero, quanto patire; e ora c'è anche una goccia della mia sofferenza, piccolissima e grandissima. Ejnar si avvicina al mio tavolino, ha un volto felice, è abbronzato, dimagrito, così ringiovanito ricorda l'Ejnar di un tempo. « Andiamo a San Giorgio Maggiore, » dice « abbiamo almeno due ore di libertà finché loro sono a teatro ». Le sue parole mi colpiscono dolorosamente, mi danno la nausea. « Due ore di libertà » ripeto. « Libertà per cosa? ».
Si siede, e prima ancora di ordinare qualcosa beve avidamente dal mio bicchiere i resti di una limonata con ghiaccio.
« Ho una sete tremenda » dice. « È un po' che voglio chiedervelo: come mai non mi avete scritto neppure una volta? ».
« Come spiegarvi, » dico « io stessa non lo so. Il tempo è passato, è cambiato tutto. Non era facile scrivere. E comunque vi ho scritto, ma non ho spedito le lettere ».
Mi guarda a lungo, da tempo non mi guardava così.
« Perché mi guardate così, Ejnar? Non

sapete se potete o no? Certo che potete, visto che ne avete avuto il permesso».

«Non capisco di cosa stiate parlando».

Ma io non rispondo, e dal mio viso probabilmente lui capisce che non andrò a San Giorgio Maggiore. Mi prende con cautela una mano e la stringe nelle sue grandi, calde mani. Da qualche parte suona un'orchestra, intorno la festa continua, qui camminano persone allegre, ma io non sono allegra, e... «il giunco pensante mormora, protesta».

«Sapete, Ejnar,» gli dico senza ritirare la mano «una volta, da giovane, provai una terribile delusione quando scoprii (ecco che vi parlo di poesia russa) che il nostro grande poeta Tjutčev aveva rubato il suo verso migliore a un francese. E, a dir la verità, ancora oggi non mi sono ripresa dal colpo».

Ride, rido anch'io, ritiro lentamente la mia mano dalle sue, mi faccio più vicina: «Domani parto, Ejnar,» e lo guardo attentamente, i suoi occhi sono vicini «e prima che ci separiamo voglio dirvi che qualcosa l'ho imparato in questi anni. Quando si schiude una porta o si apre uno spioncino ora non mi soffocano più lacrime di gratitudine, no! Non sfrutto ogni occasione e non mi inchino riconoscente a ogni permesso. Dopo quello che ho visto non voglio essere, neanche soltanto un po', l'insignificante bestiola che viene mobilitata, addestrata, spedita da qualche parte, nutrita di gelati o affamata, punita o premiata perché ha rigato dritto ».

« Nessuno vi punisce o vi dà da mangiare gelati ».

« Voglio dirvi ancora una cosa: se permettiamo a qualcuno di organizzare la nostra *no man's land*, alla fin fine, secondo logica, arriveranno a rinchiuderti in una lussuosa camera di un lussuoso albergo, e bruceranno i tuoi libri, e allontaneranno da te tutti quelli che ami. Basta cedere una volta – e non ci saranno più limiti, e tutto ti verrà tolto; dov'è il confine, Ejnar? Dove saranno allora mistero e libertà? Le due guardie (una, tra l'altro, aveva qualcosa di Mario!), l'inquirente, il giudice – tutti si installeranno sul tuo pezzetto di terra ».

Adesso ha capito, lo vedo dai suoi occhi. Ha capito tutto, fino in fondo, lo conosco troppo bene. Ha capito perfino che gli ho scritto, che lo amo. E che mi dà nausea la sua tranquilla gioia di sapere che tutto gli è stato permesso. Passa un minuto, un altro, ma non mi dice nulla. Del resto io non aspetto una risposta: non gli ho chiesto nulla.

Torniamo a casa, io comincio a preparare i miei bagagli, lui sta appoggiato in silenzio al davanzale. Metto la sveglia alle sette e mezzo per non fare tardi al treno domani mattina.

Quando tornano dal teatro, Emma è sorpresa:

« Siete a casa? Non siete andati in nessun posto? ».

« No, » dico « ci abbiamo rinunciato. Siamo stati un po' al Florian, poi ho fatto le valigie ».

Andiamo tutti e quattro nella sala da pranzo e lì, mentre mangiamo qualcosa, noto che Mario ed Emma mi guardano con malcelata ostilità. Noto anche che tra i due scoccano scintille. Quando lei gli passa il bicchiere, lui le posa la mano sulle dita, e intanto Ejnar dice:

« Hanno asportato il primo strato, hanno tolto la vernice, e di sotto è apparso san Sebastiano... Chi poteva immaginare una cosa simile! ».

« Non appena si saranno annoiati l'uno dell'altro, o la moglie esigerà che Mario ritorni, Emma mi caccerà via con grandissimo piacere » penso, e bevo il mio quarto bicchiere. « Non le darò questa gioia ».

Li lascio dicendo che voglio svegliarmi presto. Grazie di tutto. E forse un giorno ci vedremo ancora a Parigi, se loro verranno – non quest'anno, certo, e non il prossimo, magari tra un paio d'anni?

Emma mi abbraccia, ci baciamo con sonori schiocchi su tutt'e due le guance. « Addio, Mario, addio, Ejnar! » dico.
La mattina il vaporetto mi porta alla stazione passando davanti ai palazzi, lungo l'acqua verde del Canal Grande; arrivo al treno all'ultimo istante, il facchino mi spinge sul vagone. Tratto peculiare di Venezia: scomparire in un attimo, non correre dietro al treno, non agitare a destra e a sinistra il capo in cenno di saluto come fanno le altre città quando le lasci – svanire in un solo istante, come se non esistesse, come se non fosse mai esistita.

PICCOLA BIBLIOTECA ADELPHI

ULTIMI VOLUMI PUBBLICATI:

470. Pierre-Jean Jouve, *Il Don Giovanni di Mozart*
471. Luciano Canfora, *Convertire Casaubon*
472. Adalbert Stifter, *Due sorelle*
473. Ferdinando Tartaglia, *Tesi per la fine del problema di Dio*
474. Ennio Flaiano, *Diario degli errori* (4ª ediz.)
475. Giulio Cattaneo, *L'uomo della novità*
476. Alan Bennett, *La cerimonia del massaggio* (10ª ediz.)
477. V.S. Naipaul, *Leggere e scrivere*
478. Aldo Buzzi, *L'uovo alla kok* (6ª ediz.)
479. Arthur Schopenhauer, *Il primato della volontà* (4ª ediz.)
480. Johannes Urzidil, *Di qui passa Kafka*
481. James Hillman, *L'anima del mondo e il pensiero del cuore* (3ª ediz.)
482. Charles Simic, *Hotel Insonnia*
483. Ernst Weiss, *Jarmila*
484. Czesław Miłosz, *Il cagnolino lungo la strada*
485. Elémire Zolla, *Discesa all'Ade e resurrezione*
486. Evelyn Waugh, *Compassione*
487. Carl Schmitt, *Terra e mare* (3ª ediz.)
488. Benedetto Croce, *Dal libro dei pensieri*
489. Tim Judah, *Guerra al buio*
490. Leonardo Sciascia, *I pugnalatori* (2ª ediz.)
491. Alan Bennett, *La signora nel furgone* (4ª ediz.)
492. Gershom Scholem, *I segreti della creazione*
493. Ennio Flaiano, *Autobiografia del Blu di Prussia*
494. Gerald Durrell, *Io e i lemuri*
495. Arthur Schopenhauer, *L'arte di conoscere se stessi* (7ª ediz.)
496. Sholem Aleykhem, *Un consiglio avveduto*
497. W. Somerset Maugham, *Pioggia*
498. Martin Heidegger, *Il nichilismo europeo* (2ª ediz.)
499. William Faulkner, *Privacy*
500. Roberto Calasso, *Cento lettere a uno sconosciuto* (2ª ediz.)
501. Claude Debussy, *Il signor Croche antidilettante*
502. Leonardo Sciascia, *L'adorabile Stendhal*
503. Tommaso Landolfi, *Se non la realtà*
504. *La trappola della giumenta*, a cura di Wendy Doniger
505. Sholem Aleykhem, *Cantico dei Cantici*
506. Inoue Yasushi, *Il fucile da caccia* (8ª ediz.)
507. Ennio Flaiano, *Le ombre bianche*

508. Tim Judah, *Saddam e le Sugababes*
509. Stefan Zweig, *Amok* (3ª ediz.)
510. Constantinos Kavafis, *Un'ombra fuggitiva di piacere* (3ª ediz.)
511. Franz Kafka, *Aforismi di Zürau* (5ª ediz.)
512. Richard P. Feynman, *Sei pezzi meno facili* (2ª ediz.)
513. Manlio Sgalambro, *De mundo pessimo*
514. Leonardo Sciascia, *Il teatro della memoria · La sentenza memorabile*
515. Ferdinando Tartaglia, *Esercizi di verbo*
516. Robert Walser, *Ritratti di scrittori*
517. Tommaso Landolfi, *Il principe infelice*
518. Nathaniel Hawthorne, *Venti giorni con Julian*
519. Tullio Pericoli, *La casa ideale di Robert Louis Stevenson*
520. E.M. Cioran, *Un apolide metafisico* (2ª ediz.)
521. Friedrich Nietzsche, *Frammenti postumi, I*
522. Friedrich Nietzsche, *Frammenti postumi, II*
523. Giorgio Manganelli, *La favola pitagorica* (3ª ediz.)
524. Charles Simic, *Il cacciatore di immagini*
525. Paolo Castaldi, *In nome del padre*
526. Guido Ceronetti, *La lanterna del filosofo* (2ª ediz.)
527. Irène Némirovsky, *Il ballo* (5ª ediz.)
528. Alberto Manguel, *Con Borges*
529. Carl Schmitt, *Teoria del partigiano*
530. Roberto Calasso, *La follia che viene dalle Ninfe* (3ª ediz.)
531. Friedrich Nietzsche, *Frammenti postumi, III*
532. Cesare Garboli, *Il «Dom Juan» di Molière*
533. Willa Cather, *La nipote di Flaubert*
534. Isaiah Berlin, *La libertà e i suoi traditori*
535. Friedrich Nietzsche, *Frammenti postumi, IV*
536. Alberto Arbasino, *Dall'Ellade a Bisanzio* (3ª ediz.)
537. Haniel Long, *La meravigliosa avventura di Cabeza de Vaca*
538. Benedetto Croce, *Un paradiso abitato da diavoli* (2ª ediz.)
539. Paul Valéry, *Cattivi pensieri*
540. Giorgio Manganelli, *L'isola pianeta e altri Settentrioni*

Stampato nell'aprile 2006
dal Consorzio Artigiano «L.V.G.» - Azzate

Piccola Biblioteca Adelphi
Periodico mensile: N. 249/1990
Registr. Trib. di Milano N. 180 per l'anno 1973
Direttore responsabile: Roberto Calasso